Dear Parent: Your child's love of reading starts here!

Every child learns to read at his or her own speed. Yo[u can help your young reader]
by choosing books that fit his or her ability and interes[ts ...] ...
development by reading stories with biblical values. Th[...] y
stage of reading:

SHARED READING
Basic language, word repetition, and whimsical illustrations, ideal for sharing with
your emergent reader.

BEGINNING READING
Short sentences, familiar words, and simple concepts for children eager to read on
their own.

READING WITH HELP
Engaging stories, longer sentences, and language play for developing readers.

I Can Read! books have introduced children to the joy of reading since 1957. Featuring
award-winning authors and illustrators and a fabulous cast of beloved characters, I Can
Read! books set the standard for beginning readers.

Visit www.icanread.com for information on enriching your child's reading experience.
Visit www.zonderkidz.com for more Zonderkidz I Can Read! titles.

Queridos padres: ¡Aquí comienza el amor de sus hijos por la lectura!

Cada niño aprende a leer a su propio ritmo. Usted puede ayudar a su pequeño lector
seleccionando libros que estén de acuerdo a sus habilidades e intereses. También puede
guiar el desarrollo espiritual de su hijo leyéndole historias con valores bíblicos, como la serie
¡Yo sé leer! publicada por Zonderkidz. Desde los libros que usted lee con sus niños hasta
aquellos que ellos o ellas leen solos, hay libros ¡Yo sé leer! para cada etapa del desarrollo
de la lectura:

LECTURA COMPARTIDA
Utiliza un lenguaje básico, la repetición de palabras y curiosas ilustraciones ideales
para compartir con su lector emergente.

LECTURA PARA PRINCIPIANTES
Este nivel presenta oraciones cortas, palabras conocidas y conceptos sencillos para
niños entusiasmados por leer por sí mismos.

LECTURA CONSTRUCTIVA
Describe historias de gran interés para los niños, se utilizan oraciones más largas y
juegos de lenguaje para el desarrollo de los lectores.

Desde 1957 los libros **¡Yo sé leer!** han estado introduciendo a los niños al gozo de la
lectura. Presentan autores e ilustradores que han sido galardonados como también un reparto
de personajes muy queridos. Los libros **¡Yo sé leer!** establecen la norma para los lectores
principiantes.

Visite www.icanread.com para obtener información sobre el enriquecimiento de la experiencia de la lectura de su hijo.
Visite www.zonderkidz.com para actualizarse acerca de los títulos de las publicaciones más recientes de la serie ¡Yo sé leer! de Zonderkidz.

This is the day the Lord has made;
let us rejoice and be glad in it.
—*Psalm 118:24*

To Bella, who loves to play.
—*S.H.*

Éste es el día en que el Señor actuó;
regocijémonos y alegrémonos en él.
Salmos 118:24

Para Bella, a quien le encanta jugar.
S.H.

ZONDERKIDZ

Howie Wants to Play /Fido quiere jugar
Copyright © 2008 by Sara Henderson
Illustrations copyright © 2008 by Aaron Zenz

Requests for information should be addressed to:
Zonderkidz, *Grand Rapids, Michigan 49530*

Library of Congress Cataloging-in-Publication Data:
Henderson, Sara.
    Howie wants to play / story by Sara Henderson; pictures by Aaron Zenz =
Fido quiere jagur / historia por Sara Henderson ; ilustraciones por Aaron Zenz.
      p. cm. -- (I can read!/Howie series) (¡Yo sé leer!/Serie: Fido)
    Summary: Howie gets into all kinds of mischief while Emma chases and finally
catches him, reassuring him that God loves him even when he makes a mess,
and showing him that playing is what puppies do best.
    ISBN 978-0-310-71875-8 (softcover)
    [1. Dogs--Fiction. 2. Animals--Infancy--Fiction. 3. Christian life--Fiction. 4.
Spanish language materials--Biligual.] I. Zenz, Aaron, ill. II. Title. III. Title: Fido
quiere jagur.
    PZ73.H38355 2009
    [E]--dc22   2008045646

Art Direction: Jody Langley
Cover Design: Sarah Molegraaf

Traducción al Español y edición: Editorial Vida

Printed in China

09 10 11 12 • 6 5 4 3 2

ZONDERkidz | Vida®

I Can Read!™ ¡Yo sé leer!™ My First SHARED READING

HOWIE WANTS TO PLAY
FIDO QUIERE JUGAR

by Sara Henderson
pictures by Aaron Zenz

historia por Sara Henderson
ilustracones por Aaron Zenz

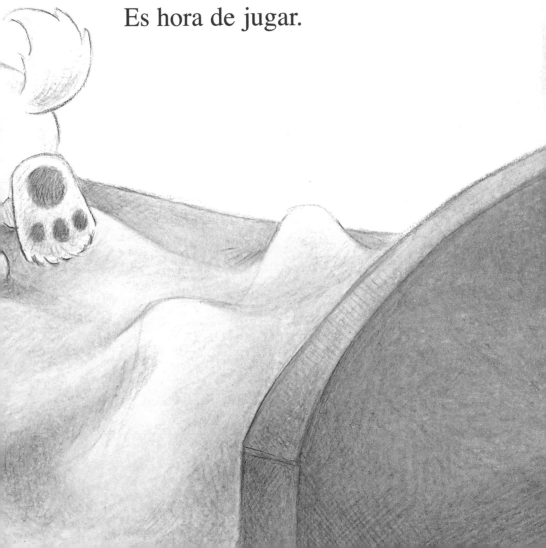

Good morning, Howie!
It's time to get up.
It's time to play.

¡Buenos días, Fido!
Es hora de levantarse.
Es hora de jugar.

Wait, Howie, wait!
I have to get dressed.

¡Espera, Fido, espera!
Me tengo que vestir.

Where did Howie go?

¿Adónde se fue Fido?

Clang, bang,
Clang, bang,

clatter, crash,
¡Qué ruido!

rattle, rattle,
bang, bang,

BOOM!
¡Puum!

Uh-oh!
Howie's in the kitchen.

¡Oh-oh!
Fido está en la cocina.

"Out, Howie, out!"
said Sister.

«¡Fuera, Fido, fuera!»
dijo hermana.

"What a terrible mess!
Puppies can't eat cereal.
Emma, get your puppy!"

«¡Qué desorden tan terrible!
Los perritos no comen cereal.
¡Emma, atrapa a tu perrito!»

But where did Howie go?
Pero, ¿adónde fue Fido?

Clang, bang,
Crac, bang,

clatter, crash,
¡Qué ruido!

rattle, rattle,
Bang, bang,

BOOM!
¡Puum!

Uh-oh!

Howie's in the family room.

¡Oh-oh!

Fido está en la sala.

"Out, Howie, out!"
said Brother.

«¡Fuera, Fido, fuera!»
dijo hermano.

"What a terrible mess!
Puppies can't play blocks.
Emma, get your
puppy!"

«¡Qué desorden tan terrible!
Los perritos no pueden
jugar con los bloques.
¡Emma, atrapa a tu perrito!»

But where did Howie go?
Pero, ¿adónde fue Fido?

Clang, bang,
Crac, bang,

clatter, crash,
¡Qué ruido!

rattle, rattle,
Bang, bang,

BOOM!
¡Puum!

16

Uh-oh!

Howie's at the front door.

¡Oh-oh!

Fido está en la puerta de entrada.

"Out, Howie, out!" said Dad.

«¡Fuera, Fido, fuera!» dijo Papá.

"What a terrible mess!
Puppies can't go to work.
Emma, get your puppy!"

«¡Qué desorden tan terrible!
Los perritos no pueden ir al trabajo.
¡Emma, atrapa a tu perrito!»

19

But where did Howie go?
Pero, ¿adónde fue Fido?

Clang, bang,
Crac, bang,

clatter, crash,
¡Qué ruido!

rattle, rattle,
Bang, bang,

BOOM!
¡Puum!

Uh-oh!

Howie's in the garden.

¡Oh-oh!

Fido está

en el jardín.

"Out, Howie, out!" said Mom.

«¡Fuera, Fido, fuera!»
dijo Mamá.

"What a terrible mess!
Puppies can't plant flowers.
Emma, get your puppy!"

«¡Qué desorden tan terrible!
Los perritos no pueden sembrar flores.
¡Emma, atrapa a tu perrito!»

But where did Howie go?
Oh no!

Pero, ¿adónde fue Fido?
¡Ay, no!

Stop, Howie, stop!

Your paws are all muddy.

You'll make a terrible mess.

¡Ya, Fido, ya!

Tus patas están llenas de fango.

Harás un desorden terrible.

25

Howie, you are little
just like me.

Fido, tú eres pequeño
como yo.

I know you didn't mean
to make a mess.

Yo sé que no querías desordenar.

I'll clean you up, Howie.

Fido, te ayudaré a limpiar.

We won't make
any more messes today.

Hoy no desordenaremos más.

Did you know God loves us
even when we make messes?

¿Sabes que Dios nos ama
aunque causemos desórdenes?

That's what my daddy says.

Eso es lo que dice mi papá.

Come, Howie, come.
Let's do what puppies do best.
Let's play!

Ven, Fido, ven.
Vamos a hacer lo que mejor hacen los
cachorritos.
¡Vamos a jugar!